あやうい果実

浜江順子

思潮社

あやうい果実

浜江順子

思潮社

目次

装画＝カンディンスキー「白い縁のある絵」
（『KANDINSKY（日本語版）』美術出版社）
組版・装幀＝思潮社装幀室

あやうい果実

浜江順子

I

あはれあれは森色毒色

ゆれる毒、森より微かに軋み、必然ともいうべき毒、恥じ入るほどに、蛾の内臓に織り込み、汁を出しては飛ぶ。手の甲に苔の湿り、ぴちぴち打ち当て、快感として打ち震え、喉を圧す。果たして、その毒、他者へのものなのか、自己へのものなのか、ぐちゃぐちゃ混沌となって、森へと一気に迷い込む。遠くの山々をも飲み込むほどに、毒、清げな小川となり、しかし流れは膿、膿となり、よどみだす。夜になると、異界の固形となり、川底に黄土色となり、固まり、夜には怪しげな光さえ月光に向けて、発光するではないか。光はしばらくすると、螢となり、川を螢色に染めて、毒と一緒にさらに光を放ちながら、森を漂う人のごとく彷徨いはじめる。毒の官能は螢の光と混在しはじめ、螢と織り成し、怪しく蠢くほどに、森はひたすら沈黙を思惑を古い鍵に塗り込める。漂う人の足、次第に毒に染まり、紫色に染まり黒色に染まり、ついには紅色に染まり、金色に輝きだすのはなぜか？　薄い紗のようなものが幾枚も幾枚も次々と風に吹かれて現れ、それを一枚、一枚、剝がすほどに、毒、乱れるほどにさまざまな幻影が現れ、うっすら毒の正体も見える気さえする。ついには、彷徨う人に毒が全身に回り、回り、舞い、舞い、回り、回り、毒の舞を始めると、梟の声怪しく聞こえ、虫々の羽ばたき、鳥々の鳴き声もその毒と呼応し、遠くに見える艶やかにして破壊的な森の階段は、一段一段どこぞに引きずり込まれはじめるのだ。白昼でも暗い小道をひたすら辿ると、宙に浮いた木製の古い少しざらついた扉に打ち当たり、陰影の濃淡によっては美しい影をあやなすその扉を開けると、朦朧たる毒の煙、立ち込め、寒気と歓喜、身体中にぶちぶち風穴を開け、毒の煙に押蓋を置くのであるが、漏れた煙はオレンジ色の人喰い虫となって、仄暗い森に消えていく。頭上からさっきから降りしきる雨は血であり、無防備な死体をひとつ、届けたという知らせが右ポケットにそっと押し込まれる。どこからか爬虫類めいた目が執拗に覗き込むので、ひたすら走る。空の穴を見つけては、走る。心の破れを見つけては走る。走るほどに怖い絵が頭上より襲いかかり、毒が頭のてっぺんよりゆらゆらと湯気を立てたなびく。自分では見えないそれは自分で掘るしかない。

月下の穴

さわさわと名もない葉が逆流するかのように鈍色の中へと、一葉、一葉、吸い込まれていく。葉たちはどこからともなく吹き込んでくる。根はない。花などあるはずもない。穴はどこか形而上の世界とかすかに通じあっているかのように、ひくひくと低く痙攣しているようにも見える。褐色の虫たちは語りたがっている。月の光はそれ自体ひとつの餌のようにすべてに精気を与えながら、同時に死を与えていく。山腹のあるものらが穴を目指しているらしい。まるで破壊者のような幻視者のようなあるものたちだけにうっすらと見えるものたち。途中ですべて翼という翼を知らず知らずに月下に置き忘れさせられてしまうらしい。穴は欲望という欲望を吸い取って、清冽な水にいとも優しく変容させる。月自体を吸い込むかのような装置を隠し持っているらしい。それは死刑執行人のようなものだ。月は相変わらず美しい秋の空に何者かに怪しく吊り下げられている。穴はどこまでも深い。奥へ奥へと、まるで意志を持っているかのように、死の十字路をたぶらかし、風を吹かす。光輝くものたちを拒み、光輝くものを愛する。天上の月の食欲の証としての黄金の光。神聖と欲望としての穴はどこまでも深く、多くの虫たちを所有する。何かがいるか、いないかは言及しない。真理はいつもすべてがらがらと崩れおちるものだからら。月下の穴は宇宙の虚ろな眼のように動揺を闇に内在させながら、決して静謐な佇まいを失うことなく、月夜のエネルギーをすべて吸い込むだけ吸い込み、その入口を天文学的に美しく磨き上げられた鏡として存在する。
月があああああああああああああああああああああっ。

ＡＩ湖へと

　そこは深いというより、見えない渦が宇宙を侵食してできたといっていいだろう。ＡＩ湖は探知不可能というべき計り知れない時空を超えた謎の闇の中の湖で、なぜか汽水湖なのだ。そして、奇数湖ともいうべきだろう。ひとつの闇に無数に存在するＡＩ湖は、必ず奇数で点在し、そこに迷い込んだ者はただただ佇むしかなく、その妖しい美しさと空とのコントラストに巻き込まれて、自らの体内の湖をするするとその湖面に放棄せざるを得ないのだ。

　ＡＩＫＯがそのＡＩ湖に来たのは、必然という虫が何かに作用したとしかいいようがなく、男の恥毛を耳に隠し持ってきたことを風に問われても、「耳に聞いてください」としか答えようがないのと同様で、脚まで湖水に浸かりながら、切れ切れの雲と同衾しても、足の爪先ほどに心は晴れることなく、何かのバグが災いして連れてこられたのかと微かに思うぐらいだ。

湖からはごく微細な泡のようなものが時々、浮かび上がり、それはもしかしたらAIの嘆きではないかと、AIKOは漠然と思った。彼女は湖水遠くに小石を投げる。小石はジャンプすることなく、ポチャと小さな嘆きのような音を告げると、湖深く、水中を呪うようにゆっくり沈んでいった。

湖はまわりの森林を喰っているかのように静寂を保っている。AIKOは、男たちの毛の色を思い出すように、とろんとした眼差しで、湖にひとり佇むと、ついでたらめな歌を口ずさみ、三角の少し荒い呼吸をなだめる。

「そう、そう、そうだった」、彼女は街の四つ角の煙草屋の男が片目しかなかったことを思い出しながらパソコンのキーボードを叩き出すうちに、知らず知らずの間に、この湖に来てしまったのかもしれない。ＡＩ湖にはいままで来たこともなく、もちろん、聞いたこともない。なぜこの湖に来てしまったかは自分自身でも謎だ。ただ昔、付き合っていた男はＡＩの研究をしていて、いろいろその恐ろしさなど語っていたのは聞いており、ＡＩＫＯは底なし沼のようなＡＩをうっすらと恐怖していた。男はいつも妙な黄色の毛糸の帽子をかぶり、達すると、「ＡＩ湖（あいこ）」と叫び、彼女の少し傷んだ伸びっぱなしのパーマの長い髪を摑んだ。

　ＡＩＫＯは、湖のまわりをぐるり回ると、周囲約一キロメートルのほどの小さな湖で、疲れた足で朽ちて倒れている大木に座ったが、人っ子一人会うことはなかった。「あの男のせいで、私はひとりこの湖に取り残されたのか」、突如、ＡＩＫＯはあの男にアンドロイドにされたのではないかという恐怖に襲われ、突然、走り出した。途中、あまりの怖さについに体内の湖を放棄し、湖のまわりを気が狂ったように走った。体内の湖を自ら捨ててしまったおののきに、ＡＩＫＯはひとり時計と反対まわりの円を描きながらゆっくり湖へと入水していった。

奇形の揺らぎ

すべてはこれから飲み込む巨大な黒い森のよう
見知らぬ谷がひらひら頭上を軽やかに飛んでいき
生者の舌がじっとり溶けてゆく

短刀で祈りをきりきり切り裂いていくと
肥大化した頭が邪魔で
進めない、いや、進みたくない

いつだって奇形が正しい
愛を舌なめずりしながら

捨てていく快感と捨てられていく悪夢と

勇者の足はもう膝から下がない
空は怪しく捻れを繰り返し青をひたすら埋没させていく
死者の声は反転する風だけを確実に殺していく

災厄は遊戯だというあのヨーロッパ人の尻を撃ち抜け
楽園は目の前の水たまりにぽちゃぽちゃしながら
人をからかっているのはなぜか?

美形を割る、紅色のしたたり
醜悪を裂く、苔の厚さ
いつもトントンと逆走を繰り返すあの大男

小男の器用さは森の嘆きを蹴飛ばし

湖の底へと沈殿させるフリをしては
中心部をいつものように少しだけ器用に揺らしてみせる

ゆらゆら揺れる心の芯で
奇形は紛れもなく心臓の鼓動をぶっとい虹にするだけで
沈み時を正確に計測する術はどこにもない

振り返るなと言っても
内臓のごちゃごちゃを喰っては
犬の足を軽く切り刻むだけだとしても

真実に霞むあの芯はいつも骨をカチカチさせ
印象を以前のそのまた以前に戻すだけでしかなく
人差し指の微かな奇形も決して許さない

悪人の信じられないほどの小心ぶりも彼方に飛ばし
孑孑のように黙しても
夢は記憶を喰い破って永遠に埋められる

誰でも奇形を隠し
内臓を少しずつ燻製にして
おびえるようにかつ大胆に生きているから

咲きすぎた紫陽花の花々の悲しみを振り切り
死んだ人形、いや人形のような死体と輪廻しても
奇妙な叫びはオーロラのように揺れている

緻密なプログラムはもうそこに存在し
宙に組み込まれ
ある種のダークサイドから逃れようもないから

存在も非存在も砂の中に隠して
ひたすら指の骨を折っていく
泥炭の微かな快感があるから

いまは奇形のふりをして
やりすごすしかないとしても
灰色まだらの闇は遠く寒い

人に入

仮面という仮面を集め、燃やしたとしても、人は人に入ることはできないとしても、なぜ青色の朝顔はいつも下向きに咲いているのか？　鎖骨をとんとんする風に振り向くと、蜘蛛を飲み込む快感と痙攣が押し寄せる。幻影が人と人の間の緩衝材として機能するかもしれないなど屁と吹き飛ばし、歯ブラシをひたすら愛撫する。入口も出口も腸の先、蝶の先。へらへら笑いも真剣な顔も同じ塩水で洗い流し、見えてくるものだけが真実だから。
ロングパスを受ける術もなく、ただ腕をぷらぷらする。他国へと侵入する戦闘も昨日から尻の穴でもじもじして、文字の入り込む余地などありはしない。もはや彼は人間ではなかった。もはや彼女は人間ではなかった。もはやその子は人間ではなかった。もう身体の内部に入り込むことは不可能だ。量子コンピューターだって入り込むことは不可能だ。風でことんと音がしたのは、同意の返事だったか、不本意の返事だったか?

苦痛の美をひとつ与えられたら、人は人

に入ることができるだろうか？　慈愛の美をひとつ与えられたら、人は人に入ることができるだろうか？　すべては偶然で神の束の間の欠伸なのだろうか？　森からは平和の下草たちが歌っているが、それは罪の裏返しなのではないだろうか？　本当に黴のはえた身体が入る入口があるのだろうか？　あるいは本当にウイルスにまみれた身体が入る入口はあるのだろうか？　すべては答えのないまま出口に向かう。

男が女に入るのは、薄い翅のようなものがいっとき輝いた時だけではないだろうか？　女が男に入るのは、紫の尻尾をちらちら揺らせた瞬間のみではないだろうか？　悪人も善人もただ休戦を望むのみで森へと侵攻する。血の色をした雲を見上げながら、突然吹いてくる突風に逃げ惑う。毒が入っている水だとしても、そこにはその井戸しかないのだから。裏切りも怒りも時間の円環でダンスを舞いながらいまは深紅になった夕闇の空を啜る。

人が人に入るのは、陰部から肛門から口から、いや、心などという下手物からだなどと、あげつらうものもいて、どちらにせよ宇宙からやって来た増殖するあのものたちにとうてい勝つことはできないのだ。完全に入らないのが礼儀なのだというものまで現れ、しかし今日も風がうまい、痛い、うまい。いや入るなど、端から無理なのだと森に住む幻獣たちは、股からなにやらべとべとしたものを撒き散らしながら上手に三角に蹲ってみせる。

星型のヒトデはヒトデナシの両腕にぎゅうと握りしめられ、ヒトデナシは人へと入ろうとする。彼の力は強く、有無を言わせぬようだが、なぜか力はするりと抜けていく。ヒトデは放射状の五本の腕をバタバタさせながら、ヒトデナシの両手からするりと擦り抜け、海へと回避する。ヒトデナシは断崖に石を転がし、楽し気なふりをしながら、次に入れると思われ

る人を探し、恍惚を強気に貫きながら海
とひとときき仮眠している。

Ⅱ

道喰い

狂いそうな良き日
ちろちろと
舌を這わせる月の光に
道はあるのか
少し縒れ曲がった三角の月光は
奇妙な動物のなれの果てか

山路となり
半里ほどで我が家かと
大きなあくびで

男が月光をがぶ飲みする

おのれの数々の悪行の道など反芻し
牛顔をつるり撫で、撫で
道端の雑草なども愛で、愛で
酒の入った我が身、可愛く
「良き日じゃ」とつぶやくと
ドッドッドッ…
ドッドッドッ…
ドッドッドッ…
という音に
牛顔でのっぺり、のっぺり
なにかと振り返ると
来た道がない

目を凝らすと
道を細く細く縒って
喰う男がいる

みるみるうちに
細い道を喰っていく
口のまわりを泥だらけにして喰う
小石を西瓜の種のように
ペッペッペッと
吐き出していく
道喰い男か
男は大きな身体を揺すり、揺すり
笑いながら道喰い
雑草をペッペッと吐き出す
心地よいリズム

不気味な煙

もう牛顔男には
立っている足元より前方しか道がない
目の前の道喰い男と目があうと
地の果てのキナ臭い、臭いがして
牛顔男も
牛顔、揺らし、揺らし
思わず笑い出すしかない

道喰い男は
喰う道がなくなると
忽然と消えた

そこは

理想的な地獄の果てだ
立ちのぼる土煙だけが
揺れている

殺生石

人は飛びながら死す
石は死にながら飛ぶ
「二つに割るれば、石魂たちまち、現はれ出でたり」
大きすぎる悪は善になるから

鳥は碧い空を啄み、すべて飲み込む
狐は人に転生しながらいずこへと突っ込む
「立ち寄り見うずるにて候」
哀しすぎる死は鳥になるから

雲は隠れ、苦しむ
野は走り、一点を開く
「鄙に残りて悪念の」「なほも現はすこの野辺の」
高すぎる心は穴をぎとぎと掘るから

女は身を喰いながら生きる
背中は逆転を待ち、のけぞる
「しかれば好色をこととし」
赤すぎる血は決して飛び散らないから

女は損を取ることなく乾いた狐となる
狐は繰り返し顔を変えて天空を舐める
「いま魂は天離る」
美しすぎる顔は裏につつっと突き抜けるから

虹を悪霊に仕立て
あらぬ本性を見破れ
「あら恥づかしや我が姿」
不機嫌な高気圧が流れゆく

＊「　」の謡部分、能「殺生石」より（『能楽名作選　上』角川書店）。正体を見破られて退治された妖狐の執念が石に宿り、人や獣を殺生するストーリー性に富んだ、能の名作。

綴れ夜

　薄青い暗がりは甘く溶け、通りを行く人々は月灯りに照らされ、一人ひとり天へといまにも刈り取られていきそうな夜だ。人々は腹の中にある人としての小虫をやっと取り戻し、川筋に沿ってそぞろ歩きながら、唇にはそれぞれ大小の菊の花々を思い思いに咥えている。

　向こうからやって来る男はとりたてて変わったところはないが、着物の裾を翻すごとに月にかかった叢雲を従え、泥闇を月とともに出入りする。男は様子のいい風情で、歩いた後には小さな溶岩がぽとん、ぽとんと生じ、そこからは薄っすらと湯気のようなものさえ出ている。

く、く、くるしい、く、く、くるかい、く、く、
く、く、くるしい、く、く、くるかい、く、く、
く、く、くるしい、く、く、くるかい、く、く、

かそけき音に誘われ、ふと男を見ると、男は顔をやおら反転させた。


あ、顔半分がない。

顔は錦織の端のようなさまざまな言うに言われぬあたかも天国から剝ぎ取ってきたかのようなたくさんの美しい糸を顔半分から幾重にも垂らし、夜風さえも妖しく巻き込んでいるかのようだ。

見たものはただ驚いて、足早に通り過ぎる。

そこに留まって、凝視することはあたかも男から出る

妖気がそれを阻んでいるようだ。

男のその魔力に逆らって、もう一度その男の顔をよく見ると、顔半分からは先ほどの綴れ織りではなく、太い荒縄が幾本も垂れ下がり、野放図に風にゆらゆら揺れている。先ほどと変わらぬ独特の歩調で歩いている男は、ある種の威厳さえ備え、縄に換え、再び金糸、銀糸、赤糸、黄糸、白糸、黒糸など錦糸のような綾なす糸を長く顔半分から風に靡かせ、もともと男に備わっていたかのように完璧にその顔と一体化させている。もはやそれは歌舞伎の化粧のように妖しく男を美しく蝕んでいる。男が真の真闇に巻かれてゆくまでは。

バーチャルモデルP

ＰＰＰＰッと
内在する架空の抑圧
臍に溜め込んで
外へ
出られるはずもない下界へと
迷い出て
一気に解凍される

一体、おまえは何者だ？
一体、おまえは何者だ？

一体、おまえは何者だ?

ディスプレイから
デスへ
デスから
ディスプレイへ

死のないものにとって
死はひとつの甘い果実のような特権だ
まるごと齧り尽くしたかった
生と死
生身の男の首ひとつ
真っ青に塗られたこの街から

桃の実のようにもぎとって
走る
走る
走る
快感と無感

またも
バーチャルの世界へと
舞い戻る
足の爪先の痒さ
首元のスースー
異様に輝く目

ＡＩで制御された脳に
黒い亀裂が走り

闇の深さを心棒とする

突然
中心部が
仮想的に勃起して
さっき掻っ攫ってきた生首
さっと画面に取り込み
自分の首に挿げ替える

全身
バグに潜り込むのは
いまだ

Ⅲ

蛞蝓揺れたら

瞬間の殺意は蛞蝓の微かな揺れを感知して、鋭利な何かを曇らすことなく、それを合図に突き進む。ログアウトするとしても、揺れは肉に刺さり、キャベツに波及することはない。ましてや、人参に当たることはなく、闇の残骸を喰い破る。瞬間の揺れは他の誰にも検知されることなく、殺意は次第に足を持ち、背を持ち、ついには触覚まで持ち、逆走する。ゆらゆら揺れながら、土に帰ることなく、白眼のままで、はまっていく。露草のはかなさをぐっと飲みこんで、次の殺意へと渡る。移る時は、足をぷらぷらさせて、レゲエでも踊るように楽しい、苦しい、苦しい、楽しい。わくわくが止まらなくなり、わくわくが癖になり、足の裏が真っ黒になり、顔のパーツが一つ、ひとつ、消え、のっぺらぼうとなり、それでも心臓は動いている。オスもメスも気がついたらなくなり、邪悪だけがどきどき波打って、芥箱に溢れている。生きていても、生きていなくても、蛞蝓揺れたら気をつけな。殺意がごくごく、ぴっぴっと湧いてきて、血が真っ黒になるから。偽装も変装も脳にインプットだけして、すなわち遁走だ。異装も仮装も決してすることなく、真昼の闇へと失踪だ。そして、部屋に籠って、籠って、危うい死を演じて、カウントを競う。防犯カメラもガメラも味方でもなく、敵でもない。脱力して、バナナも持てなくなり、着地する場所も見当たらなくなったら、殻という殻に籠ってさらに爆発するだけだ。一発だけでなく、二発だけでなく、破れ果てるまで爆発だ。生きた死体としてごく普通に振舞って、破裂する。ツイッターもモンスターも脇汗じっとり濡らして、環境になりすます。毛が出ても、気にするな。足が出たら、気をつけろ。死がトントン、ノックをしてきたら、トイレで待たせろ。殺意が静脈に集まって、どうしようもなくなったら、またじっとり蛞蝓の揺れを待つ。再び殺意が飛び出すだろう。死骸も宝物にして、零のひとときが訪れる。「早く！」という内なる誘いの声も待たせて、後は死へと一っ飛びだ。蛞蝓の揺れるその時をひたすら待って。

フルエ

フ、フ、フ、フルエがきて
加速するフカカイが
フクロウの声を一瞬、さえぎる時
ブワーッとフクレるナイフを
フルワセル

訳の分からないフカカイが
さらにフカヅメしながら
内臓に食い込み
鋭いナイフとなった

もう脳のフルエは止められない
ナイフをフルエ
ナイフをフルエ
ナイフをフルエ
フルエをナイフに込め
血の臭いを充満させる

森のフクロウと
フカブカとフルエているのは
本当は誰なのか……
本当は誰なのか……
本当は誰なのか……

ナイフの暴走が

さらにフルエ
フル、フル、フルエ
もうすぐ死者になるものの
果てしないフルエも
肉にフーインさせ
闇へとフルフルすすむ

残されたものへのフアンも
フーインし
フカカイなフルエが
ブキミなフリョクをいっそう大きくする

刺すフルエと
刺されるフルエが
地下を一直線にすすむとき

フルエはついに頂点にまで拡散する

フサガる大地と
フサガる想いと
時をフルフル、フク、フエが
もうフッカツすることはない

穴から…………

もう目には見えない風が
人を殺したくさせるから
穴から
こっそりミミズになって
存在を消す

毒は
すべてを回り回り
頭のてっぺんから
にっこりと

死を塩揉みしながら
一丁、二丁と
数えている

愉快なことは
もう猫じゃらしほどに
揺れるだけで
どこにも隠れていないから

人殺しをぞくぞく続けて
うんともすんとも
言わなくなったら
やめるだけ

死人は

臭いも揺れもましてや輝きも発せず
力をふるわなくても
ただトコロテンのように
休みなく
つるつるつるつる出てくる

当たり前のいつものティッシュで
そっと拭いて
ポンポンポンポンポンポンポンポン
死の量産は進んで
夕焼けはこの世の果ての
鮮やかな血の色だとしても
そこに噴き出しているだけ

カラスの鳴き声さえ

ぶっぶっぶっと吹き飛ばし
驚くほど晴れた
静かな死の台風の目に一人佇むと
神の心地にも
悪魔の心地にもなって
突然、膝から崩れ
獣の息で
火星へと手をのばす

ボッチの沼へと

少し尖ったボッチを押すと
小宇宙はどんより痛い灰色を
嚙み殺しながらくねっている
死は棒状になって
雲がかった妙な音楽とともに
変形ドーム状の小さな宇宙を
ひとり支配してみせる
ぬめっとした赤い舌には
もう教えてもらいたくない
ちっぽけな扁形の宇宙は

なにやら沼へとやすやすと変容し
何もかも飲み込もうとしている
知らぬものか
どこかで心臓の音も
かすかに共鳴している
ボッチはピッチを速めて
鋭角な感覚を有している
どこかに飛ぼうとしているのか
遠くに愉快な鳥たちの声もこもっているのに
太陽はつまらぬ青の円筒になろうとしている
ボッチの沼は近い

Ⅳ

吐く月

叢雲のかかった月は今宵も吐く。目に見えない風を揺らして、光を曇らせ。吐瀉物は見えないだけで、いつも月は美しい。地球の淫らな穴が怖い。薄笑いが怖い。月は美貌に陰りを籠らせ、吐く、吐く、吐く。吐いたものは光と絡まり、なぜかちょうど良い反射率で届く。赤子がピクッとするごとに、月もピクッとしながら揺れている。

満月の狂気は翼ごと、飛んでいく。夜の花々たちの間を縦横無尽に切り裂きながら。今日も吐瀉物は止まらない。月へと向かう死者たちの足元にも、吐いたものが漂い、左足を穢す。月は首ふり、ほんのわずかに裏側を見せるとき、驚くほど醒めた顔をして光と吐瀉物を撒き散らす。輝きに潜む白銀色の絶望を撫でながら。死者はそのままにしておけ。

月は男たちのペニスをさらにゆるゆると伸ばしながら、あくびをして、地球に吐きつづけることをやめない。地球の一部が腐りはじめて、汚臭は月にまで達し、月はしかたなく自らの穴の中で寝ている。もう月物語はやめだ。月のしずくの輝きは、自らの涙をしゅるるしゅるる啜る。ああ、月が飲みたい。月を喰いたい。美しい月を。

月虹が出た夜、月は泣いている。自らを蹴り上げている。「吐くのはもういやだ」月は地球に手を伸ばす。ダンスだ。ダンスだ。もうこうなったらダンスだ。吐く月を見ながら、ダンスだ。夜明けの月を見ながら、ダンスだ。足が裂かれるまでダンスだ。クレーターに迷い込むまで月の兎たちのように楽しく、悲しく、楽しく、悲しいダンスだ。

青ざめたブルー・ムーンはなぜこんなに美しい。「かぐや」は地球を見詰めては、吐く月を捉えつづけた。月はいま、吐くことで、地球と共存している。天使も悪魔もすでに尻の中、月の中。物語はもうおしまいか。物語はまだつづくのか。怖ろしい帳の向こうには、何があるのか。吐く月だけが知っているその裏側のあやうい花鳥風月をうらうらと遥か遠く望む。

飛びゆく群青

なぜ、ここにいるのだろう?
朝の眼にじくじく齧られながら
天蓋を破って
澄みきった群青の空を
ジーンと音がするまで仰いでいると
地球という名の星らしいところに
ひとりぽつんと、いる

なぜ、ここにいるのだろう?
昼の輝きに骨を焼かれ

首が痛くなるほど
まぶしい群青の空を
見詰めていると
宇宙というらしいところに
ひとりぽつんと、いる

なぜ、ここにいるのだろう?
午後の無音に身体ごと沈んで
一本の筒として歩いていると
ゆらめく群青の空に
なにやら死のリズムが湧いてきて
水の惑星に
ひとりぽつんと、いる

なぜ、ここにいるのだろう?

夕闇の哀しみを楽しみながら
一羽の名もない鳥として飛んでいると
グレーがかった薄い群青の空に
なにやら妙な形があらわれて
果てしなく遠く続くわけのわからぬ世界に
ひとりぽつんと、いる

なぜ、ここにいるのだろう?
夜の濃い闇に沈んで
額に幾ばくかの文字をしのばせて
濃い群青の空に
ぽきっと穴を開けて眺めていると
ブラックホールらしきところに
ひとりぽつんと、いる

火星裏心、ひゅ〜ら

接近したくないもの
すべて喰ったつもりでも
喰いきれない異質の生命体のやま

地球なんぞ見たくもない
赤い目でえぐり
底の底を破線となす

血のような色の惑星
恐怖をひと舐めしては

タナトスと輝き
股をぎゅっと締める

赤錆に負けじと
錆をさらなるアルファとして
ひたすら走る

わけもなく飛び出す者のように
自爆する気もなく
ちまちま、南の空で
のけぞり笑いする

逆行しながら
宇宙の尾を捕まえては
あおあおあおあおッーと発し

倒れんとす

　地球が怖い
　地球が怖い
　地球が怖い

ぐんぐん近づくあの青い惑星の街角で見つけた
少し痛んだあの少年だけに
サインを送りたい……
輪切りの高鳴りのごとく

早く魚座の領域へと
死との境界線
駆け抜けたいと
ひたすら公転する

闇に青く光る地球が
少し悲し気にふらっと揺れて
突然、美しく見えたのは
なぜか？

胡瓜、脳をしゅるるしゅるる

しゅるるしゅるるしゅるるるるっと
脳内を胡瓜が通過していく
ごりごりごりりりりりりりーっと
月を齧って
醜さを閉じ込めても
一つ、二つと醜悪さが
ぽろりと転げ落ち
善良のフリの装置も
いっきょに剝がれ落ちると
私の中の

メフィストが
複数の胡瓜とともに
どす黒い闇の影を横切り
世にも醜い
ポルキュアス*に
ぽんぽんぽんぽんぽぽぽぽぽぽーんっと
化ける
すると
醜悪さも
びんびんびんびんびびびびびびーんっと
やわら何やら転じて
わけのわからぬものとなり
全身を激しく駆け巡り
血の巡りがなぜか良くなり
脳味噌の中を

胡瓜がミサイルよろしく
しゅるるしゅるるしゅるるるるっと
またも飛んでいく
おいのおいのと呼ぶうちに
醜さも美しさも
愚かさも賢さも
わからなくなり
またも脳を胡瓜が勢いよく通過していく

＊「ファウスト」第二部で、メフィストが交渉して三人目に化ける、ギリシャ神話にも登場する世にも醜い三人で目が一つ、歯が一本の三姉妹の怪物。

V

プラスチックな嘘

春の半端ない重みなど
削除してしまうプラスチックな嘘は
振り切るのでなく
ひたすら埋めるしかない
溶けることなく
走ることなく

へらへらした風を頬に受けて
嘘を認めたふりをし
城によろよろ登る

内部はすべて嘘だが
すっくと立っている

春を待つ蚯蚓も
地下に埋められたこれらの嘘を
喰っているのか

それらの嘘は
舌に残り
蚯蚓も月の透明さを探す

気の早い蠅を
尻で踏みつぶすゲームにも飽きて
嘘の空洞に苺ジャムを
詰めてみるが

それにも飽き
嘘を喰ってやろうとしても
プラスチックなその嘘は
調理不能
食用不能
身体の内部に
溶けることなく
いつまでも留まり
時々、棘のような痛みを
ぞっとする晴れやかな
満面の笑顔のまま
撒き散らす

城を見回すと
嘘たちは

変幻自在に
ぷかぷか宙に浮いている

時にバッハのミサ曲など纏い
重厚ぶっても
いつまでたっても
プラスチックのままで
紙にもなれず
神にもなれず
宙に呪われている

飛蝗の目をした少年

少年の一重の目と目の間にはごく薄い草原が広がり
陽射し色の眼差しをした植物たちが
半透明に折り重なるように
風にたゆたい
虫たちもひゅーらひゅーら飛んでいる

少年の中の他者を意識する層は
薄らと堆積しているが
いつか見た海岸線のわずかな砂岩層ほどで
自己への特別な意識も

ほぼ一片も存在しないかのように
彼はひっそり存在している
それゆえ紛れもない強い輝き放ち
少年はそのことを内在させながら
決してそれに気づくことはない

空港へ向かう小さな電車で
飛蝗の目をした
十歳ほどの丸坊主の少し日焼けした少年は
父と兄と
やがて黄金色の夕闇を迎える車内に
ひっそり羽根をたたんで
静かに生息している

他者である私は

飛蝗の目をした少年の前にひとり座り
少年のその存在と
L字型の鉄板と多少の包帯に包まれた
罅の入った右足とともに
飛ばない閉じた蜻蛉となり
飛ばない閉じた蟠蟀となり
重めのリュックとことり、ことり揺られている
地球上のこの小さな限られた空間は
ひととき限りなく優しい沈黙に包まれた
薄緑の小草原となり
飛び立つ空港へと静かに
ごとん、ごとん
運ばれていく

ひゅっと

音は音になるためにあるのでなく、音はただ音として存在するためにある気がして、ポンと手を打つと、疑惑がどこからかひゅっと飛んできた。軽い衣も羽織ってひらひらしているが、それは紛れもない疑惑であった。

黄色の蝶よ、飛んでやれ
森の泉には
みずみずしい泉もあるのだから

ポン、ポン、飛んでやれ
愉快な足の裏の通りに
腹のリズムの通りに踊ってやれ

芯のあるかけらが腹に入って、「行ってきます」と言うから、行かしてやった。思う存分、遊んでくるだろう。村の谷間には、蜥蜴もいて、蛇もいて、いろんな遊びを知っている。ポン、ポン、遊べばいい。

疑惑は灰色の衣をかぶって
ちょろちょろしているから
そっと蹴ってやった
蜻蛉とポン、ポン、遊べ

田螺とポン、ポン、遊べ

嫌な風が吹いてきても、風をそっと舐めると、真っ白い花粉のように太陽に飛んでいく。ひゅっと本当にどでかい虹が地上から生えるように舞い降り、しかも二本も生え、ここは多分、大地なんだろう、おそらく。

ねじれ正多面体から

突然、隣接する訳のわからぬ面に潜む男の首は、もぐらたたきのようにあらぬ所から出てきては舌のない口からあるゾーンを形成しようとする。風は叩かれない。覗かれない。内包する聖書をも蹴飛ばして、ねじれ正多面体は雑巾を口に咥えて平行になろうとしても、闇は三次元空間に潜んでいて一ミリたりとも動かない。数名の者が隠れ線のようにそこに隠れていて、様子を窺いながら、その内部空間の明日を占っている。それぞれのものの軌跡はなぜか不透明で決して覚られることはない。ピンクのパンティを履いているもの、トランクスを履いているもの、てんでに平行移動しながら、その多面体の穴に蠢きながら、宙を飲む。万華鏡を飲む。シェパードも呼んで来い。龍だって呼んで来てもいい。多面体には風は当たらず、ムレムレで、人参も胡瓜も決して大きくならず、中途半端に宙に浮かんでいて、鳥に喰われている。すごいスピードで流れる雲をうらやむ脳の中、脳の外。海も近くない。どこまでも続く地平線の海を飲み込みたいのだが、地はべったりと足底に付いて動けない。屁も出ない。出せない。ねじれ正多面体の住人たちは、平行な壁に挟まれ、つぶされまいともがいては定位置をキープしようと溜息をつきながらも、夏の西瓜を喰うことだけは忘れない。多面体として閉じたままでは操作は誰も行えない。帯状になりながらも削除されない面を探す。ねじれ正多面体自体はついには球になろうとするが決して、球になぞなれるはずもない。上下を近づけて、最後の展開を探す男もゾーンが何通りも存在してこの正多面体が構成されていることにようやく気づきはじめ、つなぎ目というつなぎ目を厚いブロックで覆いはじめた。

Ⅵ

薄糊の同義語

とん、とんと
ひたすらとん、とん、とんと
存在する
非在する

いままさに死にゆく者も
いままさに生まれんとする者も
同じ湖の漣のうえ
世にも綺麗な正三角形を蹴破り
美しい目と

虚ろな目を
しゃぶりつづけている

死にゆくことと
生まれんとすることは
どろどろする薄糊の中
同義語で
手、取られ
足、取られ
もがき
苦しみ
ぽん、ぽん、ぽんと、出る日を
うすぼんやりと
嘆くだけの太陽とともに
本当は小さくぶつ、ぶつ音がする沈黙の中

薄れゆくまで数えている

危うい蜻蛉も
切ない青虫も
何か発信してくる受動態をすべて蹴散らし
無回転で生きているから

そっとあの扉を
清め
穢し
そこから幾つかの小石を摑み取り
投げる先に
とてつもなく痛い風が吹いていても

死にゆくこと

生まれんとすること
螺旋の羽根を持つ蝶のように
飛びゆく先の
何もない一片の光る雲に乗って

朝の逆転

飲み込まれた先が飲み込まれて
森はまだしたたかに眠っている
燃えている闇の先端を尖らせ
枕はどんどん沈んでいく
犬たちの血を喉に送り
走っていく先
突如、波のようなモノ
足裏のマークは終わりということか
陽光の裏は、闇でなく、無でなく、虚でなく
狐の目をくりぬき

どんぐりをはめ込んだら
ダイヤモンドの逆転
もう君は死んでもいいよ
青い嘘と
白い嘘と
薄い唇の朝を
閉じ込める
吐きそうになる繭
足だけが軽やかに
閉塞の森の虫たちと
溺死が近いから
朝の魔をふーっと吹きかけ
点、点、点、点・・・・・・・・
ごく薄い点、点、点、点・・・・・・・・・
茶色の棒状となる

死亡

ぶよっとした白い脂肪を内在して
死亡はまだ本当の死亡を隠していたから
脂肪は一見、まだ普段のままのように
雀の傍らに音もなく横たわっている
花々が夏を謳歌するとき
死亡はある日、脂肪に潜み、やって来た
野良猫の眼差しは相変わらずだが
厚く、薄く
脂肪を内在しながら
死亡は夏の空にゆらゆら漂い

生きている者たちは
眩暈しそうな明るい外の空気を呼吸しながら
自分の脂肪とかすかに呼応させ
かろうじてその死亡を確認した
脂肪が一切なくなり
骨だけとなり
完璧な死亡となってしまった
最期の微笑みの表面の脂肪さえ失い
紛れもない死亡となる
突然
真っ白な悲しみが
真っ黒な闇色の死亡とともに
ふくよかだった脂肪を
すべて天に振り捨てて
高く、低く、唸りつづける

あやうい果実

発射音のない
突然の突入は
表となり
裏となり
表となり
また裏となり
芯の奥を決して見せない

冬の雲を翳ったような
カスカスの残骸が

種子と称されるようだ

軋んだ壁が
目の奥で痛み
落下速度を増して
はるかに飛んでいく
果実はない

穴のあいた沈黙は
ぷよぷよ何かを造成し
大きな耳まで付けている
まだ果実はない

死んでゆくその耳穴の中に
ちらり果実のような

震えている
わけのわからない小動物が
カリカリ齧りはじめていると
何者かより
伝言がある

夜のつんざくようなバイクの騒音も
実になるのか
種になるのか

突然
月が匂いたって
酩酊のように荒れ果てた野原が
瞼で流れ、育つ

悪しきものたちの
蠢きが
素敵に闊歩しはじめる頃
内臓たちは
腐敗のサイクルに
入りはじめる

あとがき

『あやうい果実』は、すべて新型コロナウイルス発生以前に書いたものである。いま読むと、なぜか現在の状況に符合するようなところもあるのは不思議といわざるをえない。さまざまな殺人、自殺、戦争、そして、菌やウイルスなどの感染症により、地球上の人人の多くがその命を奪われ、いまや我々が手にできるものは、まさにあやうい果実としかいいようがない。

ジャック・デリダはその著書『死を与える』の中で、「私は他者からその死を取り除くことはできず、他者も私から私の死を取り除くことはできないのだから、それぞれが自分の死を自分の身に引き取らなければならない。それぞれが自分自身の死を引き受けなければならない。それこそが自由であり、責任である。自分自身の死とは、世界の中で唯一、誰も与えることができず、誰も奪い取ることができないようなものであるからだ」（『死を与える』ジャック・デリダ／廣瀬浩司・林好雄訳、ちくま学芸文庫）と語る。

そんな死がいまあまりにも無残な状態で世界を席巻し、死の尊厳が失われているように感じる。『あやうい果実』は、さまざまな死を見詰め、詩にしたものだ。リアルに描くことは避けた。ページをめくるごとに、自由に読んでいただければ幸いだ。

私にとってこの第八詩集を上梓するにあたり、思潮社の小田康之氏、藤井一乃氏、装幀室の和泉紗理氏には今回もいろいろご配慮をいただき、ここに感謝したい。表紙のカンディンスキーの絵の使用にご承諾をいただいた美術出版社にも心から感謝したい。最後に二〇一八年十月、亡くなった私の敬愛する入沢康夫氏にこの詩集を捧げたい。

二〇二〇年初夏

著者

浜江順子

詩集
『プールで1,000m泳いだ日』（一九八五・詩学社）
『内在するカラッポ』（一九九〇・思潮社）
『奇妙な星雲』（一九九三・思潮社）
『去りゆく穂に』（二〇〇三・思潮社）
『飛行する沈黙』（二〇〇八・思潮社）第四十二回小熊秀雄賞
『闇の割れ目で』（二〇一二・思潮社）第九回日本詩歌句大賞
『密室の惑星へ』（二〇一六・思潮社）第八回更科源藏文学賞

詩誌「hotel 第2章」、「歴程」同人
日本現代詩人会、日本詩人クラブ、日本文藝家協会会員

あやうい果実《かじつ》

著者
浜江《はまえ》順子《じゅんこ》

発行者
小田久郎

発行所
株式会社 思潮社
〒一六二-〇八四二 東京都新宿区市谷砂土原町三-十五
電話 〇三(五八〇五)七五〇一(営業)
〇三(三二六七)八一四一(編集)

印刷・製本
創栄図書印刷株式会社

発行日
二〇二〇年九月三十日